CALLIRHOÉ,

TRAGEDIE,

REPRÉSENTÉE
POUR LA PREMIERE FOIS
PAR L'ACADEMIE ROYALE
DE MUSIQUE,

Le Mardy vingt-septiéme Decembre 1712.

A PARIS,

Chez CHRISTOPHE BALLARD, seul Imprimeur du Roy
pour la Musique, ruë S. Jean de Beauvais, au Mont-Parnasse.

M. DCCXII.

Avec Privilege de Sa Majesté.

LE PRIX EST DE TRENTE SOLS.

APPROBATIONS.

VEU ce vingt-quatriéme Decembre mil sept cent douze. Signé, M. V. D'ARGENSON.

J'AY lû par ordre de Monseigneur le Chancelier, la Tragedie de CALLIRHOE'; & j'ay crû que le Public en verroit l'Impression avec plaisir. FAIT à Paris ce vingt-deuxiéme Decembre mil sept cent douze. Signé, FONTENELLE.

ARGUMENT.

CORESUS, grand Prêtre de Bacchus dans la Ville de Calydon, aima paſſionément la jeune Callirhoé. Il ſe flatoit de l'épouſer ; mais il n'en reçût que des mépris, & les témoignages d'une haine, dont il ſe trouva ſi bleſſé, qu'il en demanda vangeance au Dieu qu'il ſervoit. Cette vangeance fût prompte & terrible. Tous les Calydoniens ſe ſentirent ſaiſis d'une yvreſſe qui les armoit les uns contre les autres, & contr'eux-mêmes. On eût recours aux Oracles, pour ſçavoir la cauſe & le remede de tant de malheurs. On apprit que la colere de Bacchus en étoit la ſource ; qu'elle ne pouvoit eſtre arreſtée, amoins que Coreſus ne luy immolât Callirhoé, ou quelqu'un qui s'offriroit pour elle. Perſonne ne ſe préſenta. Elle attendoit à l'Autel le coup fatal, lorſque Coreſus la ſauva en ſe ſacrifiant luy-même.

Voilà nuëment ce que raporte Pauſanias dans ſes Achaïques. Voilà le ſujet, la ſcene, l'intrigue & la Cataſtrophe. Comme l'Hiſtorien Grec n'a pas marqué la naiſſance de Callirhoé, on s'eſt crû en droit de luy en ſuppoſer une fort illuſtre. On luy donne pour mere, la Reine de Calydon. Agenor eſt auſſi un rolle Epiſodique. Par le ſecours de cet Amant, on anime le caractere de la Princeſſe, on fonde ſon averſion pour Coreſus, on juſtifie la vangeance de Coreſus, en la faiſant partir d'une juſte jalouſie ; on releve enfin la generoſité de l'action qui dénouë l'intrigue : Elle ſeroit moindre, ſi Coreſus n'avoit de victime à choiſir que ſa Maîtreſſe ou luy-même. La vertu de ſon Rival qui s'offre à la mort, & qui le ſaiſit d'admiration, les inſtances de Callirhoé pour mourir, ou dumoins la certitude qu'elle donne de ne pas ſurvivre Agenor, déterminent Coreſus d'une maniere plus vive, & peut-être avec plus de ſurpriſe de la part des Spectateurs.

On a menagé la ſimplicité du ſujet, comme une choſe precieuſe à l'Opera ; on a craint de l'alterer & de retarder la vivacité de l'action, par les Rolles de confidents & de confidentes. Ces perſonnages n'ont jamais qu'un interêt ſubordonné aux autres ; & le Public compte preſque pour perdu, le tems où il ne voit point les Acteurs qu'il a declarez les premiers de ce Theatre.

A ij

PERSONNAGES
DU PROLOGUE.

LA VICTOIRE.   Mademoiselle Poussin.

L'ASTRE'E.   Mademoiselle Heuse.

Une Suivante d'ASTRE'E.   Mademoiselle Linbourg.

Chœurs & Troupes de la suite de la VICTOIRE, *&* d'ASTRE'E.

Noms des Actrices & des Acteurs, chantants dans tous les Chœurs du Prologue & de la Tragedie.

MESDEMOISELLES

Linbourg.	Dufort.	Tetlet.	Loignon.
Guillet.	Dulaurent.	De Kerkof.	Billon.
La Roche.		Basset.	

MESSIEURS

Paris.	Desouche.	Deshayes.	Alexandre.
Thomas.	Renard.	Lebel.	Duplessis.
Courteil.	Juliard.	Cadot.	Le Comte.
Corby.	Le Jeune.	Morand.	Le Brun.
Lemire.			

Divertissement du Prologue.

SUITE DE LA VICTOIRE.

Monsieur Blondy.

Messieurs Germain, Marcel, Gaudrau, Javillier, Favier, & Pieret.

SUITE D'ASTRE'E.

Monsieur Dumoulin-L. & Mademoiselle Menés.

Mesdemoiselles Lemaire, Haran, & Isec.

Messieurs Ramau, Guyot, & Dangeville-C.

PROLOGUE.

Le Théatre repréſente un lieu remply de Caſ-
ques, de Boucliers, d'Armes, de Palmes &
de Couronnes de lauriers, avec les Drapeaux
que les Vainqueurs ont remportez. C'eſt pour
leur triomphe que la Victoire les aſſemble.

SCENE PREMIERE.

LA VICTOIRE, & ſa Suite.

LA VICTOIRE.

CES lieux ſont embellis des mains de la
    Victoire :
      Venez, redoutables Guerriers ;
Ces Palmes, ces Drapeaux, ces Armes, ces Lauriers
    Tout parle icy de vôtre gloire ;
Venez, mais ne voyez le fruit de vos travaux,
Que pour vous élever à des honneurs nouveaux.

CHOEUR des GUERRIERS.

Que tout cede, que tout se rende
A nos exploits éclatans ;
Aux plus lointains Climats que le bruit s'en répande,
Qu'il dure, qu'il s'étende
Jusqu'aux derniers tems.

LA VICTOIRE.

Guerriers, ne craignez rien : je ne suis point volage,
Je vous aimay toûjours ; mais quelque Dieu jaloux
Devant mes yeux opposoit un nüage :
En vain je vous cherchois, il m'éloignoit de vous :
Aux efforts de vôtre courage
J'ay sçû vous reconnoître, & tout cede à vos coups.

Eclatez Trompette bruyante,
Frapez, animez tous les cœurs :
Excitez de nobles fureurs,
Devant nos pas répandez l'épouvante.

Que vos sons invoquent la gloire,
Qu'elle vole à ce bruit charmant :
Sonnez au même moment
Le combat & la victoire.

Eclatez Trompette bruyante,
Frapez, animez tous les cœurs :
Excitez de nobles fureurs,
Devant nos pas répandez l'épouvante.

ASTRE'E defcend du Ciel ayant à fa Suite les ARTs & les PLAISIRS.

LA VICTOIRE.

Quel fpectacle ! quels doux concerts !
C'eft Aftrée. Elle vient dans ces lieux redoutables.

CHOEUR des PLAISIRS.

Laiffez refpirer l'Univers.

CHOEUR des GUERRIERS.

Signalons-nous encor par mille exploits divers.

CHOEUR des PLAISIRS.

Laiffez refpirer l'Univers.
Non, ne démentez pas les Deftins favorables.

CHOEUR des GUERRIERS.

Signalons-nous encor par mille exploits divers.

SCENE DEUXIÉME.

ASTRE'E, LA VICTOIRE,
& leur Suite.

ASTRE'E.

Victoire, c'est assez. Le Ciel, le Ciel propice
Veut que d'un calme heureux tout l'Univers joüisse:
Ces Peuples genereux qu'environne Thétis,
À mes desirs se sont assujettis,
Une Reine puissante, aprés un long orage,
Des jours les plus sereins nous donne le présage.

LA VICTOIRE.

Au HEROS glorieux dont je sers les desseins,
La Paix fût toûjours chere ;
Mais je voulois qu'elle eût des Palmes dans les mains:
La voilà digne de me plaire.

ENSEMBLE.

Le plus sage des Heros
A sous ses Etendarts ramené la Victoire;
Il peut goûter le repos,
De l'aveu même de la Gloire.

Une

PROLOGUE.

Une Suivante d'A s t r e' e.

Nos cœurs sont faits,
Amour, pour ton empire:
Nos cœurs sont faits
Pour tes aimables traits.

Que desormais
L'Amour seul vous inspire:
Faut-il vous dire,
Quels sont ses atraits?

A S T R E' E.

Venez, tendres Plaisirs, ennemis de la guerre,
Volez, brillez, revenez sur la terre,
Vôtre retour nous annonce la paix.

Rallume ton flambeau, renouvelle tes traits,
Amour, ton regne recommence;
Enchaîne tous les cœurs, fai durer à jamais
Et leurs plaisirs & ta puissance.

Venez, tendres Plaisirs, &c.

C H OE U R S.

Volez, tendres Amours, étendez vos conquêtes,
Triomphez, tendres Amours:
Trompettes & Tambours,
Ne servez qu'à nos fêtes.

FIN DU PROLOGUE.

ACTEURS
DE LA TRAGEDIE.

CALLIRHOE', *Princeſſe heritiere du Trône de Calydon.*　Mademoiſelle Journet.

LA REINE *de Calydon.*　Madame Peſtel.

CORESUS, *Grand Prêtre de Bacchus.*　Mr Thevenard.

AGENOR, *Prince de Calydon, Amant de Callirhoé.*　Monſieur Cochereau.

Peuples de Calydon.

UNE CALYDONIENNE.　Mademoiſelle Mynier.

Prêtres de Bacchus.

LE MINISTRE. *de Pan.*　Monſieur Hardoüin.

Faunes & Dryades.

Une Dryade.　Mademoiſelle Antier.

L'ORACLE.　Monſieur Mantienne.

Bergers & Bergeres.

UNE BERGERE.　Mademoiſelle Heuſé.

Deux Bergeres.　Meſdemoiſelles Pouſſin, & Heuſé.

BACCHUS.　Monſieur de la Roziere.

Suite de Bacchus, Troupe de Peuples.

La Scene eſt à Calydon.

PERSONNAGES DANSANTS
de la Tragedie.

PREMIER ACTE.
CALYDONIENS.

Monsieur F. Dumoulin.

Messieurs Blondy, Dumoulin-L., Marcel, & Gaudrau.

Mademoiselle Guyot.

Mesdemoiselles Lemaire, Menés, Isec, & Haran.

DEUXIE'ME ACTE.
SACRIFICATEURS.

Messieurs Germain, Gaudrau, Javillier, Favier,
P-Dumoulin, Guyot, Dangeville-L. & Duval.

TROISIE'ME ACTE.

FAUNES ET DRIADES.

Monsieur D-Dumoulin.
Meſſieurs Germain , Gaudrau , P-Dumoulin,
Dangeville-L. Javilier , & Pieret.

Mademoiſelle Prevôt.

Meſdemoiſelles Lemaire , Menés , Haran , Dimanche,
Iſec , & Ramau.

QUATRIE'ME ACTE.

BERGERS ET BERGERES.

Meſdemoiſelles Prevôt , & Guyot.

Meſſieurs Dumoulin-L. Gaudrau , F-Dumoulin,
& D-Dumoulin.

DEUX PASTRES.
Meſſieurs P-Dumoulin , & Dangeville-L.
BERGERES,
Meſdemoiſelles Lemaire , Haran , Ramau , & Fleury.

DEUX PASTOURELLES.
Meſdemoiſelles Menés , & Iſec.

CINQUIE'ME ACTE.

SUITE DE BACCHUS,
Troupe de Peuples.

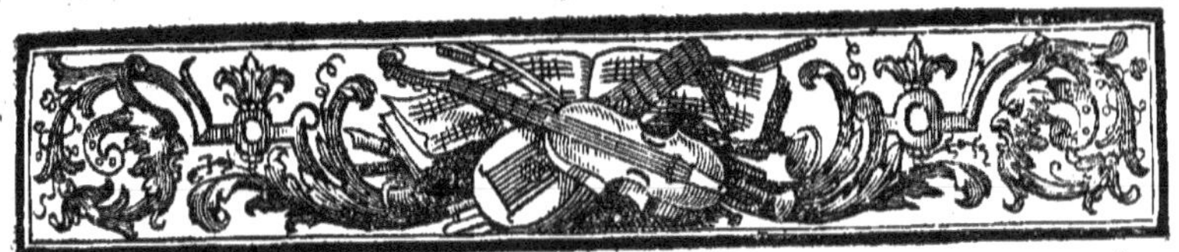

CALLIRHOÉ,
TRAGEDIE.

ACTE PREMIER.

Le Théatre repréſente le Temple de BACCHUS,
orné pour les Nôces de CORESUS,
& de CALLIRHOÉ.

SCENE PREMIERE.

CALLIRHOÉ.

Nuit témoin de mes ſoupirs ſecrets,
Que ton ombre en ces lieux ne regne-
t'elle encore ?
Pourquoy l'impatiente Aurore
Ouvre-t'elle mes yeux aux funeſtes
apprêts
D'un hymen que j'abhore ?

Je vais donc m'engager à l'Objet que je hais,
Et je perds pour toûjours un Amant que j'adore.
O Nuit témoin, &c.

✳✳✳✳✳✳✳✳✳✳✳✳✳✳✳✳✳✳✳✳✳✳✳✳✳✳✳✳✳✳✳

SCENE DEUXIÉME.

LA REINE, CALLIRHOE'.

LA REINE.

MA Fille, aux immortels quels vœux venez-
vous faire?

CALLIRHOE'.

Je n'en formeray point qui puiſſent vous déplaire.

LA REINE.

Ce jour à Coreſus engage vôtre foy,
Miniſtre de Bacchus nôtre Dieu tutelaire
Deſcendu de ces Roys dont avant vôtre pere
    Calydon recevoit la loy,
C'eſt luy que Calydon vous demande pour Roy.

CALLIRHOE'.

Helas!

LA REINE.

   Vous vous troublez, que faut-il que j'eſpere?
Vous ſçavez vos devoirs, pourriez-vous les trahir?

CALLIRHOE'.

Non, je demande aux Dieux la force d'obéïr.

Gloire de Calydon, Amour de la patrie
    Que ne m'avez-vous point coûte?
C'eſt pour vous qu'un Heros à qui le ſang me lie,
Le vaillant Agenor vient de perdre la vie,
C'eſt pour vous que je vais perdre ma liberté.
Eſpoir d'un ſort plus doux ſortez de ma memoire.

LA REINE.

S'il respiroit encor, vainqueur, couvert de gloire,
Coresus en ces lieux seroit moins redouté.

CALLIRHOE'.

Mais du sort d'Agenor étes-vous éclaircie ?
Quoy ! ne pouvons-nous plus douter de son trépas ?

LA REINE.

Ma fille, quand les Dieux auroient sauvé sa vie,
Vôtre sort ne changeroit pas.

Non, non, il n'est plus tems. Tout un Peuple farouche,
De Coresus trahy viendroit vanger les droits :
Ce Peuple le cherit, & d'une même bouche
Veut recevoir la loy des Dieux & de ses Roys.
Par des nœuds éternels vous luy serez unie ;
Je vais tout ordonner pour la ceremonie.

SCENE TROISIÉME.

C A L L I R H O E'.

OBjet infortuné de mes tendres defirs,
  Agenor, qu'aux enfers Bellone a fait defcendre,
Pour la premiere fois je t'offre des foupirs,
  Quand tu ne peux plus les entendre.

D'un rigoureux devoir je vais fubir les loix,
L'autel eft preft : La Reine à Corefus m'engage,
J'y cours : mais dans mon cœur je porte ton image,
Et ton nom malgré moy m'échape mille fois.

SCENE IV.

SCENE QUATRIÉME.

AGENOR, CALLIRHOE'.

CALLIRHOE'.

*M*Ais quel objet vient me fraper ?
Eſt-ce un ſonge impoſteur preſt à ſe diſſiper ?
Que vois-je ? Eſt-ce Agenor ? Quels Dieux l'ont fait
  renaître ?
Agenor. . . . . .

AGENOR.

Mon aſpect vous offenſe peut-être.

CALLIRHOE'.

à part.
M'a-t'on voulu tromper ?
à AGENOR.
On croyoit vôtre mort certaine.

AGENOR.

Les Rebelles vaincus fuyoient devant nos traits,
Malgré mon ſang verſé, juſqu'au fond des forêts
  La victoire m'entraîne,
Je tombe. Je trouvay d'heureux & promts ſecours,
Par le tems & les ſoins je reſpirois à peine . . .
J'aprens qu'à Coreſus vous uniſſez vos jours.

C

CALLIRHOE'.

Quelque fruit qu'en ces lieux apportât la victoire,
Nous pleurions vôtre mort & même nôtre gloire.

AGENOR.

A mon retour donnez plûtôt des pleurs.
Triste témoin de la gloire d'un autre
Que mon retour me coûte de douleurs !
Ce Trône, ces Autels, ces Guirlandes de fleurs,
Ces chiffres amoureux, ce nom qui joint le vôtre...
Pour ce spectacle, ô Dieux ! étois-je reservé?
Dieux, rendez-moy la mort dont vous m'avez sauvé.

CALLIRHOE'.

Agenor, quels discours ! Que venez-vous m'aprendre?
Votre douleur doit m'irriter.

AGENOR.

Elle devroit moins vous surprendre,
Du secret de mon cœur vous cherchez à douter.

Avez-vous oublié, Princesse, que vos charmes
Ont essayé sur moy leurs premiers coups?
Vôtre Pere expiroit, je recueillois vos larmes.
Parmy le trouble & les allarmes
Vos yeux brilloient déja de l'éclat le plus doux.
J'appaisay des mutins les mouvements jaloux.
Ah! ne jugiez-vous pas, au succez de mes armes,
Qu'un Amant combatoit pour vous ?

CALLIRHOE'.

Ouvrez les yeux , que ce jour vous éclaire
Sur vôtre devoir & le mien.

AGENOR.

Helas ! je ne vois que le bien
Que m'arrache des Dieux la funeste colere.

CALLIRHOE'.

Cessez de me parler d'un amour temeraire.

AGENOR.

L'Amour l'est-il lorsqu'il n'espere rien ?

Un autre a vôtre main , un autre vous engage,
Je ne veux qu'un regard , un seul regard , helas !
Et je descends tranquille au tenebreux rivage.
Je ne veux qu'un regard , un seul regard , helas !
Mon Rival trop heureux ne me l'enviera pas.

CALLIRHOE'.

Que n'ay-je ignoré vôtre flâme !
Fuyez , éloignez-vous......

AGENOR.

Je ne vous verray plus.

CALLIRHOE'.

Suivez mes ordres absolus.
Je dois de Coresus remplir toute mon ame,
Ne voir , n'entretenir que le seul Coresus.

CALLIRHOE'.
AGENOR.

Vous ne le devez point, vous le voulez, Cruelle.

CALLIRHOE'.

Ah ! qu' Agenor me connoît mal !
Partez....
AGENOR.
Je vois la Reine & mon Rival.
CALLIRHOE'.
Partez.....
AGENOR.
O contrainte mortelle !
CALLIRHOE'.
O devoir trop fatal !

TRAGEDIE.

SCENE CINQUIÉME.

LA REINE, CALLIRHOE', CORESUS,
Troupe de PRESTRES & de PRESTRESSES,
Troupe de CALYDONIENS & de CALYDONIENNES.

CORESUS.

REine, vôtre auguste suffrage
Me rappelle au rang glorieux,
Que tenoient icy mes Ayeux:
Prononcez mon bonheur, achevez vôtre ouvrage.

LA REINE.

J'attens de vôtre hymen le bonheur de ces lieux.

CORESUS, à CALLIRHOE'.

Des autels, à vos beaux yeux,
Je porteray mon hommage,
Sans craindre que ce partage
Offense jamais nos Dieux :
J'adore en vous leur image.

CALLIRHOE'.

Je sçais ce que je doy
A la Reine, à l'Empire, à Coresus, à moy.

CORESUS.

Chantez Peuples, chantez une fête si belle,
A mon amour égalez votre zele :
Que vos concerts s'élevent jusqu'aux Cieux ;
Du bonheur d'un mortel qu'ils instruisent les Dieux.

CHOEUR.

Regnez à jamais sur nos ames,
Autant que vous regnez dans ce brillant séjour.
L'Hymen vient vous offrir les chaînes de l'Amour,
Et des plaisirs aussi purs que vos flâmes.

UNE CALYDONIENNE.

Le tendre Amour
Nous appelle à sa Cour,
Il veut qu'on aime,
Nôtre cœur même
Le veut à son tour.

L'Amour nous fuit,
Èst-ce à nous de le craindre ?
Non, non l'on n'est à plaindre
Que quand il nous fuit.

Ses nœuds sont doux,
Peut-on blâmer ses chaînes ?
Non non, s'il a des peines
Ce n'est pas pour nous.

LA REINE.

Regnez Amour, portez par tout vos loix,
La Gloire n'a point à s'en plaindre ;

Allumez des ardeurs que rien ne puisse éteindre,
Vous faites le bonheur des Sujets & des Rois.

Regnez, &c.

Ma Fille, vous allez couronner mes projets,
Vôtre hymen de mon trône affermit la puissance ;
Venez remplir mon esperance,
Les vœux de Coresus, & ceux de mes Sujets.

CALLIRHOE', à part.

Impitoyables Dieux, vous serez satisfaits !

CORESUS.

Dieux immortels, c'est moy qui vous appelle,
Respectable Junon, favorable Cybelle,
Tendre Déesse des Amants,
Dieux immortels, c'est moy qui vous appelle ;
Venez tous assurer nos augustes serments.

CALLIRHOE', à part.

O mort, délivre-moy de ma peine cruelle.

CORESUS.

Toy, qui pour éclairer le plus beau de mes jours
Pares les airs d'une clarté nouvelle,
Soleil, à mes tendres amours
Tu me verras aussi fidelle
Que tu l'es à remplir ton cours.

Il prend la main de CALLIRHOE', & la mene à l'Autel.

CORESUS & CALLIRHOE'.

Sur cet Autel redoutable au parjure,
Sur ces feux reverez par qui l'Amour s'épure.

COR. { *Je vous promets*
        { *D'être à vous à jamais.*

CALLIRHOE'.

Elle apperçoit AGENOR, & s'évanoüir.

Je vous promets..... Grands Dieux ! soutenez ma
foiblesse.

LA REINE, & CORESUS.

Je frémis !...

CALLIRHOE'.

Le jour me blesse,
Je m'affoiblis, je meurs....

CORESUS.

Quoy ! je pers ma Princesse !

LA REINE.

Le Ciel veut differer de répondre à vos vœux.

CORESUS.

Prenons soin de ses jours.... Quel coup pour ma
tendresse !
Destin jaloux, sans toy j'eusse esté trop heureux.

On emporte la Princesse évanoüie, & l'Assemblée
se disperse.

FIN DU PREMIER ACTE.

ACTE II.

ACTE SECOND.

Le Théatre repréſente l'avant-cour d'un Palais,
& dans un des côtez un Temple Domeſtique.

SCENE PREMIÉRE.

AGENOR.

Eſpoir, revenez, dans mon ame:
La Princeſſe reſpire, entrons dans ce Palais.
J'eſpere y voir encor la beauté qui m'enflâme:
O Dieux! ſi mon Rival la perdoit pour jamais!

Eſpoir qui me flatez d'un plus doux avenir,
De vos enchantemens faudra-t-il me défendre?
Souvent vous nous faites entendre
Que nos maux ſont prêts à finir,
Quand le deſtin jaloux ne veut que les ſuſpendre.

D

Espoir qui me flatez d'un plus doux avenir,
De vos enchantemens faudra-t-il me défendre?

Un Amant malheureux & tendre,
D'une erreur qui luy plaît aime à s'entretenir;
Mais que de pleurs à répandre,
Quand il faut en revenir!

Espoir qui me flatez d'un plus doux avenir,
De vos enchantemens faudra-t-il me défendre?

La Princesse paroît.... Elle vient en ces lieux,
De ses jours conservez rendre graces aux Dieux.

SCENE DEUXIÉME.

CALLIRHOE', AGENOR.

AGENOR.

LA Parque enfin respecte vos attraits.

CALLIRHOE'.

Ne vous avois-je pas interdit ma presence?
On sçait vôtre retour, ne me voyez jamais.
Mes volontez sur vous ont bien peu de puissance.

AGENOR.

J'ay souffert les plus rudes coups
Que puisse craindre un cœur tendre:
Quand le Ciel me permet d'attendre
Un sort plus calme & plus doux,
Cruelle, démentez-vous
L'esperance qu'il veut me rendre?

CALLIRHOE'.

Epargnez-vous des regrets superflus,
J'ay resolu de reparer ma gloire,
J'épouse Coresus.

AGENOR.

O Ciel! le puis-je croire!
Est-ce un plaisir pour vous d'irriter mon tourment?
Que devient mon espoir, cet espoir dont les charmes
Suspendoient de ma mort le funeste moment?
Vous ne répondez rien: méprisez-vous mes larmes?
Pourrez-vous immoler sans trouble, sans allarmes
Au bonheur d'un Rival le plus fidelle Amant?

CALLIRHOE'.

O trouble affreux! ô jour d'une honte éternelle!
Ces Peuples assemblez, ces Prêtres, ces aprêts,
Le rang de Coresus, sa vertu, mes regrets,
Quel souvenir! Faut-il que mon cœur le rappelle?
Fuyez, cedez au sort qui nous a separez.

AGENOR.

Moy, fuïr! Moy, vous quitter! vous l'ordonnez,
  Cruelle!
Quoy! le jour qui vous luit, l'air que vous respirez,
Bonheur que tout Sujet partage avec sa Reine,
Vous me le refusez à moy seul, Inhumaine.
Helas! j'aurois caché mes soûpirs avec soin,
Vos Palais, vos jardins m'auroient vû dans ma peine
Suivre en pleurant vos pas, & les suivre de loin.
Que vous me haïssez!

 CALLIRHOÉ,

CALLIRHOE'.
Que je me hais moy-même !
J'ay fait à Coresus une injustice extrème,
Au milieu des serments....
AGENOR.
Eh ! les avez-vous faits ?
Non, vous êtes encor plus libre que jamais.

CALLIRHOE'.
J'offense de nos Dieux la majesté terrible.

AGENOR.
Un Dieu plus doux & plus sensible
Peut, si vous l'écoutez, vous excuser prés d'eux.

CALLIRHOE'.
Moy, l'écouter ! Non non, renoncez à vos vœux.
Il faut que mon sort s'accomplisse,
Coresus sera mon Epoux.
C'est moy qu'il faut que je punisse
D'avoir trop fait pour vous.

AGENOR.
Pour moy ! j'aurois troublé le repos de vôtre ame !

CALLIRHOE'.
Vous sçavez mon secret....
AGENOR.
Quoy ! plaignez-vous ma flâme ?
CALLIRHOE'.
Vôtre destin n'en sera pas plus doux.

ENSEMBLE.

Dieux cruels, quel plaisir prenez-vous à nos larmes ?
O malheureux amour ! ô funestes rigueurs !

CALLIRHOE'.

Faut-il éteindre nos ardeurs ?

ENSEMBLE.

Dieux cruels, trouvez-vous des charmes
A fraper les plus tendres cœurs ?
CALLIRHOE'.
Que vous m'allez coûter de soupirs & de pleurs !
AGENOR.
Ah ! puis-je assez goûter de si tendres allarmes ?

Il se jette à ses pieds.

SCENE TROISIÉME.

**CORESUS, les PRESTRES de sa Suite.
CALLIRHOE', AGENOR.**

CORESUS du fonds du Théatre.

Que vois-je ! je frémis !
Agenor à ses pieds ! Dieux, est-ce là le prix
Des vœux que nous allions vous presenter pour elle !
Vous me trahïssez, Infidelle ?
CALLIRHOE', en s'en allant.
Pour meriter ce nom que vous ay-je promis ?

SCENE QUATRIÉME.

**CORESUS, les PRESTRES de sa Suite,
AGENOR.**

CORESUS, à AGENOR.

*Tu t'applaudis de ta victoire
Et de l'affront que je reçoy :
Crain d'être trop aimé.....*

AGENOR.

*Non, j'en ferois ma gloire,
Et vos jaloux transports me causent peu d'effroy.*

SCENE CINQUIÉME.

CORESUS, & les PRESTRES de sa Suite.

CORESUS.

*Quel coup vient me fraper !
Ils triomphent tous deux de ma rage inutile.
Interdit, surpris, immobile,
Mon courroux les laisse échaper.*

à sa Suite.

*Ne fremissez-vous pas de tant de perfidie ?
L'Ingrate insulte encor à ma flâme trahie :
Souffrirons-nous ces outrages mortels ?*

CHOEUR des Sacrificateurs de BACCHUS,

Souffrirons-nous ces outrages mortels ?

CORESUS.

Redoutable enfant du tonnerre,
Tes vengeances, Bacchus, ont effrayé la terre,
Vange-toy, vange-moy, vien vanger tes Autels.

CHOEUR.

Vange-toy, vange-nous, vien vanger tes Autels.

CORESUS.

Malheur aux Criminels que pourſuit ta colere :
Tu déchires un fils par les mains d'une mere ;
Malgré les Dieux, Orphée a ſenti tes fureurs.
Signale ton pouvoir ſuprême,
Répand ſur ces climats de nouvelles horreurs,
Qui me faſſent trembler moy-même.

CHOEUR.

Répand ſur ces climats de nouvelles horreurs,
Qui nous faſſent trembler nous-même.

CORESUS, & le Chœur.

Meritons que le Dieu ſeconde nos efforts ;
Pour hommage il reçoit nos fureurs, nos tranſports.

CORESUS.

Le Dieu me voit, m'entend, il peut reduire en poudre
Les Auteurs, les Témoins de mon deſtin fatal ;
Le Thyrſe rival de la foudre,
Du haut des Cieux m'en donne le ſignal.

Les Sacrificateurs forment le Divertiſſement.

CORESUS.

Il faut un Peuple entier pour victime à ma rage ;
Venez, venez, suivez mes pas :
De ces flambeaux sacrez faites un autre usage,
Troublez tous les esprits, désolez ces climats,
Et goûtez le plaisir de vanger mon outrage.

Les Prêtres forment des danses furieuses avec leurs
flambeaux, & vont porter le feu dans toute la Ville.

CORESUS.

Le fer, le feu, le ravage
Vont tout remplir d'effroy ;
Je triomphe à mon tour, je vois grossir l'orage,
Je vois mes ennemis plus malheureux que moy.

FIN DU SECOND ACTE.

ACTE III.

ACTE TROISIÉME.

Le Théatre repréſente une Foreſt & le Temple
ruſtique du Dieu PAN.

SCENE PREMIERE.
LA REINE, CALLÍRHOE.
ENSEMBLE.

Uſpens ô juſte Ciel , le cours de nos allar-
  mes ,
Ecoûte nos ſoûpirs & voy couler nos larmes.

LA REINE.

Barbare Coreſus , que tu nous fais ſouffrir !
Les Dieux ont trop ſervy ton courroux implacable ,
Ah ! ma Fille , faut-il qu'un Peuple déplorable
Ne reproche qu'à toy que tu le fais perir.

E

CALLIRHOE'.

Tout m'accable & me defefpere,
Une noire fureur tranfporte les efprits,
Le Fils infortuné s'arme contre le Pere,
Le Pere furieux perce le fein du Fils,
L'Enfant eft immolé dans les bras de fa Mere.
Que de gemiſſements, de plaintes & de cris !
J'en vois qui de leur fort miniftres & victimes,
Achevent fur eux-même, ou puniſſent leurs crimes.

LA REINE.

Tous les efforts humains ne les fauveroient pas.

O Peuples malheureux ! Agenor à leur rage
   Oppofe envain fa vertu, fon courage,
On voit qu'un Dieu fur eux appefantit fon bras.

Il les punit pour toy, Tu caufes leur trépas.

CALLIRHOE'.

J'immolois aux Autels le bonheur de ma vie,
Je vous obeïſſois, mais mon cœur m'a trahie.

LA REINE.

Le Dieu qu'adorent les forêts,
Pan, du fombre avenir découvre les fecrets :
Je vais le confulter. Nôtre efpoir peut renaître :
Par mon ordre en ces lieux Corefus doit paroître.
Priez, Preſſez, Pleurez, Tombez à fes genoux,
Dites, tout ce qui peut défarmer fon courroux.

SCENE DEUXIÉME.

CORESUS, CALLIRHOE'.

CORESUS.

Qu'attend de moy la Reine ? on m'appelle en ces
    lieux.

CALLIRHOE'.

La Reine en pleurs leve les mains aux Cieux.
Quoy ! se peut-il que rien ne les fléchisse ?

CORESUS.

N'attendez pas plus de grace des Dieux,
Que vous me faites de justice.

CALLIRHOE'.

Le Ciel obéit-il aux fureurs des mortels ?
Non non, il va se rendre aux tourments que j'endure.

CORESUS.

Perfide, oserez-vous embrasser des Autels,
Témoins de vos sermens & de vôtre parjure ?

CALLIRHOE'.

J'ay merité vôtre courroux :
Puißay-je seule en être la victime !
Mais, tout un Peuple expire, apprenez-moy son crime.

CORESUS.

Tout devient à mes yeux criminel avec vous ;
Tout ce Peuple aux Autels a vû ternir ma gloire ;
Il en faut dans son sang éteindre la memoire.

E ij

CALLIRHOE'.

Ah! Barbare, tes vœux sont-ils donc satisfaits?
Tes yeux alterez de carnage
En ont-ils assez vû? que veux-tu davantage?
Quoy! tu n'epargneras ny Reine ny Sujets?

CORESUS.

Vous ne vous nommez point, Ingrate!
Jusques en m'implorant, vôtre mépris éclate.

Vangeons-nous, qui peut m'arrêter?
De l'Enfer étonné remplissons les abîmes,
Chaque jour, chaque instant y va precipiter
De nouvelles victimes.

CALLIRHOE'.

Et moy je les devance au tenebreux sejour;
Ta fureur m'y condamne....

CORESUS.

                              Arrêtez, Inhumaine:

CALLIRHOE'.

Cruel, tu veux ma mort...

CORESUS.

                              Arrêtez, Inhumaine;
Il vous en coûte moins à renoncer au jour,
Qu'à flater mon ardeur d'une esperance vaine.

Helas! je croyois la haïr.
Infortuné! ne sçaurois-je joüir
De mon amour, ny de ma haine?
Malheureux, tu démens le Ciel & tes transports.
Quelle honte pour moy! quel trouble! quel remords!

CALLIRHOE'.

Le plus grand cœur se rend, quand la pitié l'entraîne ;
Mais, vous aimez nos maux. . . .

CORESUS.

    Vos yeux seuls les ont faits.
J'ay pris dans vos regards mon crime avec ma flâme,
Mon cœur & vos Etats sans vous seroient en paix,
Vous seule avez banny la vertu de mon ame.

CALLIRHOE'.

Quels reproches cruels ! rien ne peut t'attendrir,
Je perds mes pleurs, ma gloire : Ah ! laisse-moy mourir.

CORESUS.

Vous, mourir ! non, vivez : Eh bien je suis coupable,
Je tremble, je frémis, vôtre douleur m'accable ;
  Mon desespoir vous vange assez,
Cachez-moy par pitié les pleurs que vous versez ;
  Qu'à ces pleurs les Dieux s'attendrissent.
Consultez vôtre Oracle, appaisez vos douleurs.
Je vais fléchir les Dieux qui ont armé mes fureurs ;
Ils pensent me vanger, & c'est moy qu'ils punissent.

SCENE TROISIÉME.

LA REINE, CALLIRHOE.

LA REINE.

POur consulter le Dieu, voicy l'instant heureux :
Sa Cour forme à sa gloire une fête nouvelle,
Et ces Divinitez souffrent qu'une Mortelle
Fasse entendre sa voix au milieu de leurs jeux.

SCENE QUATRIÉME.

La Forêt s'ouvre & laisse voir des SATYRES,
des DRIADES, & des JOÜEURS de Flûtes,
qui celebrent le Dieu PAN.

LA REINE, CALLIRHOE, LE MINISTRE
de PAN, les DRYADES, & les FAUNES.

LE MINISTRE.

QUe les Mortels & les Dieux applaudissent
Au Souverain des forêts ;
Que les vastes rochers, que les antres secrets
De son nom retentissent.

LE CHOEUR.

Que les Mortels & les Dieux applaudiffent
Au Souverain des forêts ;
Que les vaftes rochers, que les antres fecrets
De fon nom retentiffent.

LES DRYADES.

Flore luy doit tous fes attraits ;
D'un Printems éternel nos Compagnes joüiffent.

TOUS.

Que les vaftes rochers, que les antres fecrets
De fon nom retentiffent.

LES DRYADES.

Nos beaux jours y fleuriffent
Dans les douceurs d'une éternelle paix.

TOUS.

Que les vaftes rochers, que les antres fecrets
De fon nom retentiffent.

LES DRYADES.

Que les Bergers luy rendent leur hommage,
Il protege les hameaux ;
C'eft à luy feul que l'Amour doit l'ufage
Des tendres chalumeaux.

TOUS.

Que les Mortels & le Dieux applaudißent
Au Souverain des forêts.

Que les vaftes rochers, que les antres fecrets
De fon nom retentiffent.

UNE DRYADE.

Fille de l'air, Echo fidelle,
Répondez-nous, chantez le Dieu des bois ;
Il a brûlé pour vous d'une flâme si belle :
Redoublez nos accens, joignez-vous à nos voix.

Fille de l'air, Echo fidelle,
Répondez-nous, chantez le Dieu des bois.

On danse.

LA REINE, au MINISTRE.

Daignez interroger le Dieu sur nos malheurs,
Qu'il se rende à vos vœux, qu'il se rende à mes pleurs.

LE MINISTRE.

Dieu puissant, soy-nous favorable,
C'est de toy qu'Appollon apprit l'art admirable
De percer le sombre avenir.
Dieu puissant, soy-nous favorable,
Tu vois par quel secours nos maux peuvent finir.

LE CHOEUR.

Dieu puissant soy-nous favorable,
Tu vois par quel secours nos maux peuvent finir.

LE MINISTRE.

Ton bras a désarmé les Geants furieux,
Qui jusques dans le Ciel osoient porter la guerre,
Tu sçûs affermir le tonnerre
Dans la main du maître des Dieux,
Au nom de tes exploits si grands, si glorieux,
Rends à cette terre
La paix que tu rendis aux Cieux !

CHOEURS.

CHOEURS.

Par ta puißance
Rends l'esperance.
A tous les cœurs;
Repare nos malheurs.

Dieu redoutable,
Soy favorable.
Dieu redoutable,
Romp tous les coups
Du celeste courroux.

De ce rivage
Banny l'orage,
Daigne à jamais
Exaucer nos souhaits.

LE MINISTRE.

Le Dieu fait sentir sa presence,
Il enchaîne les vents, il fait taire les eaux;
Ces arbres n'osent plus agiter leurs rameaux;
A toute la nature il impose silence.
Mortels, respectez
Sa puissance,
Ecoutez Mortels, écoutez.

F

L'ORACLE.

Le calme à ces climats ne peut être rendu
Qu'au prix que les Destins veulent de vôtre zele.

Que de Callirhoé le sang soit répandu,
Ou celuy d'un Amant qui s'offrira pour elle.

LA REINE.

Ton sang ma Fille ! ô Ciel ! ô réponse cruelle !

CALLIRHOE'.

Il ne veut que mon sang ! Ah je rends grace au sort ;
Vos Sujets sont sauvez. Je cheris sa vangeance.

LA REINE.

Quoy ! ma Fille, mes yeux, mes yeux verroient ta mort !

AUX MINISTRES.

Vous, flatez Calydon d'une heureuse esperance :
Gardez sur la Victime un éternel silence.
Je veux encor interroger les Dieux ;
Peut-on verser trop tard un sang si precieux ?
Gardez sur la Victime un éternel silence.

FIN DU TROISIEME ACTE.

ACTE QUATRIÉME.

Le Théatre repréfente une Plaine bornée
de Coteaux fleuris.

SCENE PREMIERE.

CALLIRHOE'.

 *Oulez mes pleurs, hâtez-vous de couler,*
  N'offenfez pas long-tems ma gloire.
Beaux jours tant efperez, fortez de ma memoire,
Sans trouble, fans regrets il faut vous immoler.
  Coulez mes pleurs, hâtez-vous de couler,
  N'offenfez pas long-tems ma gloire.

D'une éternelle nuit la mort va me couvrir,
A toutes fes horreurs j'ay preparé mon ame,
Du jour, qu'on m'a ravie à l'objet de ma flâme,
  N'avois-je pas commencé de mourir?

F ij

Beaux jours tant esperez sortez de ma memoire,
Sans trouble, sans regrets il faut vous immoler.
     Coulez mes pleurs, hâtez-vous de couler,
     N'offensez pas long-tems ma gloire.

Ciel! je vois Agenor: je commence à trembler,
Il ignore le coup qui me doit accabler.

SCENE DEUXIEME.

AGENOR, CALLIRHOE'.

AGENOR.

ENfin le Ciel suspend ses plus terribles coups.
Ne nous flatte-t-on point d'une esperance vaine?

CALLIRHOE'.

Non, contre Calydon les Dieux n'ont plus de haine.

AGENOR.

Vos pleurs & vos vertus ont vaincu leur courroux.

L'Amour voyoit vos yeux s'éteindre dans les larmes,
     Il a gemy de vos soupirs,
Goutez un doux repos, brillez de nouveaux charmes
     Que vôtre cœur s'ouvre aux plaisirs.

CALLIRHOE'.

Que les Dieux sont cruels, même lorsqu'ils font grace!
     Jamais leur courroux ne se lasse,
     Il ne fait que changer d'objets.

AGENOR.

Eh ! qu'importe à quel prix ils vous ſauvent l'empire?
Venez à Calydon raſſurer vos Sujets,
Venez, en vous voyant que ce Peuple reſpire,
Qu'il liſe ſon bonheur dans vos yeux ſatisfaits.

CALLIRHOE'.

J'iray, j'iray ſubir le ſort qu'on m'y prepare.

AGENOR.

Quoy ! vous épouſeriez cet ennemy barbare,
Coreſus ?

CALLIRHOE'.

Sur mon cœur il a perdu ſes droits.

AGENOR.

Je puis donc eſperer pour la premiere fois,
Et vous pouvez enfin couronner ma tendreſſe.

CALLIRHOE'.

Plût aux Dieux !

AGENOR.

        Eh quoy, ma Princeſſe !
Quoy ! vôtre cœur pour moy n'a-t-il que des ſouhaits ?

    Le ſort rappelle icy la paix
    Eſt-il tems pour moy de vous craindre ?
    Helas ! qui l'eût penſé jamais
Que ce ſeroit de vous que j'aurois à me plaindre?

CALLIRHOE',

CALLIRHOE'.

Non, vous ne vous plaindrez que d'être trop aimé.

AGENOR.

Eh! qu'ay-je à craindre encor?

CALLIRHOE'.

Tout le Ciel est armé.
Si vous sçaviez quel sang ose exiger sa haine?

AGENOR.

Seroit-ce celuy de la Reine?

CALLIRHOE'.

Non c'est un sang moins cher.....

AGENOR.

Vous pleurez?...

CALLIRHOE'.

Quelle peine?

AGENOR.

Je tremble, expliquez-vous.

CALLIRHOE'.

Ne me demandez rien.

AGENOR.

Ah! je frissonne.

CALLIRHOE'.

C'est...

AGENOR.

Achevez.

CALLIRHOE'.

C'est le mien.

Impitoyables Dieux , vous demandez sa vie !
Je ne les connois plus ces Dieux ,
Je ne vois qu'un Rival méprisé , furieux ;
C'est à luy qu'on vous sacrifie.

C A L L I R H O E'.

Non. J'ay vû ses douleurs , il pleure mon trépas.
Et je dois perir par son bras :
C'est le punir assez , s'il m'aime.

A G E N O R.

Et moy je vous adore , & vous ne mourrez pas.

C A L L I R H O E'.

Prouvez-moy vôtre amour en me cedant vous-même.
L'Autel est prêt ; j'y veux aller.

A G E N O R.

J'y cours. De Coresus que le crime s'expie ,
On me payera cher de m'avoir fait trembler ,
Le bucher brûle , & moy j'éteins sa flâme impie
Dans le sang du Cruel qui veut vous immoler.
Mes Amis sont tout prêts , ils suivront mon exemple.
J'attaqueray vos Dieux , je briseray leur temple ,
Dût sa ruïne m'accabler.

SCENE TROISIÉME.

CALLIRHOE'.

AH ! Cruel, arrétez. Qu'allez-vous entreprendre ?
De sa fureur que puis-je attendre ?
Il ne manquoit à mon tourment
Que dè craindre pour mon Amant.

On entend une Symphonie champêtre , & l'on voit
des Bergers descendre des Côteaux dans la Plaine.

Mais, quels concerts se font entendre ?
J'aperçois les Bergers de ces Vallons cheris,
Ils benissent le Ciel qui calme leur tristesse,
Helas ! sçavent-ils à quel prix ?

Cachons le desordre où je suis.
Ne troublons point leurs jeux ; mais, dans leur
allegresse,
De mon trépas goûtons les premiers fruits.

SCENE IV.

SCENE QUATRIÉME.

CALLIRHOE', BERGERS & BERGERES.

Deux BERGERES, alternativement avec le CHOEUR.

Loin de nous les plaintes,
Les craintes,
Loin de nos cœurs
Les soupirs & les pleurs.

Loin de nous les plaintes,
Les craintes,
Loin de nos cœurs
Les atteintes
Des vives douleurs.

Jours heureux,
Soyez durables :
Des Dieux favorables
Reçoivent nos vœux.

Loin de nous les plaintes,
Les craintes,
Loin de nos cœurs
Les atteintes
Des vives douleurs.   G

Que l'Amour ne nous fasse jamais
Qu'une douce guerre,
Que l'Amour sur la terre
Rameine la Paix.

On reprend le Rondeau.

AUTRE CHOEUR.

Princesse, aimez nos boccages,
Prêtez l'oreille à nos chants.
La Cour presente aux Rois le plus brillants hommages,
Nous vous offrons les plus touchants.

DEUX BERGERES.

Le Ciel nous fait de douces promesses,
Nous vous devons toutes ses faveurs,
Nous n'avons à donner que nos cœurs,
Comptez nos cœurs parmy vos richesses.

UNE BERGERE.

Dans nos champs
L'amour de Flore
Fait éclore
Ses nouveaux presents.

Lieu tranquille,
Charmant séjour,
Ser d'azile,
De temple à l'Amour.

Qu'il nous blesse,
Que sans cesse
L'on s'empresse
D'entrer à sa Cour.

Dieu des Amants,
Ta puissance
Recompense
Nos tourments.

UNE BERGERE, alternativement avec le CHOEUR.

Quelque chaîne
Qu'icy l'on prenne,
C'est par son choix.

Soins de plaire,
Retour sincere,
Voilà nos loix.

LE CHOEUR.

Quelque chaîne
Qu'icy l'on prenne ;
C'est par son choix , &c.

LA BERGERE.

Mille allarmes
Troublent les charmes
Du sort des Rois :

Mais l'Envie
Sur nôtre vie
N'a point de droits.

CHOEUR.

Quelque chaine , &c.

CALLIRHOÉ,

LA BERGERE.
La jeunesse
A la tendresse
Doit ses beaux ans.

Qui s'engage
Fait de son âge
Un long printems.

CHOEURS.

Quelque chaîne, &c.

LES DEUX BERGERES, à CALLIRHOÉ'.
Goutez & donnez
Des jours fortunez.

CHOEURS.

Goutez & donnez, &c.

LES BERGERES.
Que le Sort qui preside
A tous nos instants
Fasse voler le tems
D'une aile moins rapide.

GRAND CHOEUR.
Goûtez & donnez
Des jours fortunez.

LES BERGERES.
D'une si belle vie,
Dieux, ne bornez point les moments,
Ne prenez que le soin de les rendre charmants,
Dieux, secondez nôtre envie.

CHOEUR.

Goûtez & donnez,
Des jours fortunez.

CALLIRHOE'.

Eh bien, vous les aurez ces jours, ces jours tranquilles,
Oüy je vous le promets :
Venez, je vais au Temple, où les Dieux plus faciles
Doivent vous assurer une éternelle paix.

CHOEURS.

Nous vous suivons, nous quittons nos aziles.

SCENE CINQUIÉME.

LA REINE, CALLIRHOÉ, les CHOEURS.

LA REINE.

QUe vois-je ? la Victime est-elle entre leurs bras,
Barbares, voulez-vous qu'on vous la sacrifie ?

CHOEUR.

Reine, que dites-vous ?....

LA REINE.

Elle vole au trépas.

CHOEUR.

Eh, qui peut menacer une si belle vie ?

LA REINE.

Les Dieux.

CALLIRHOÉ.

Je rends la paix à ma triste Patrie,
Mon sort est trop heureux.

CHOEUR.

Durent, durent plûtôt nos maux les plus affreux.

CALLIRHOÉ.

Je veux mourir, l'Oracle a prononcé ma peine.

CHOEUR.

Nous démentons les Dieux, & nous bravons le sort.

CALLIRHOÉ.

Voulez-vous qu'aux Autels, en rebelle on m'entraîne ?
Ah ! laißez-moy du moins la gloire de ma mort.

CHOEUR.

Tonne plûtôt des Dieux, la redoutable haîne.

CALLIRHOE', à la Reine.

Souffrez qu'à vos Sujets, un doux calme revienne,
N'estes-vous pas leur mere, avant d'être la mienne ?
Par l'amour que pour eux vous devez ressentir,
A leur bonheur faites les consentir.

LA REINE.

Non, je ne verray point ce spectacle funeste.

CALLIRHOE', aux Peuples.

C'est vôtre Reine, appaisez ses douleurs,
Osez m'arracher à ses pleurs ;
Vous fremissez.…vôtre Reine vous reste :
Qu'elle vive, aimez-là ; ne quittez point ses pas ;
Sauvez-luy, s'il se peut, l'horreur de mon trépas.
Je vais mourir pour vous.…

CHOEUR.

Nous ne vous quittons pas.

SCENE SIXIÉME.

AGENOR, CALLIRHOE', LA REINE
CHOEURS.

AGENOR.

Peuples, écoutez-moy,
Un Ministre du Dieu m'a revelé sa Loy;
Que vôtre crainte cesse ;
Il n'a pas sans retour, condamné la Princesse:
Un sang moins précieux peut épargner le sien
Je vous offre le mien.

LA REINE & le CHOEUR.

O trop fidel amour ! ô genereux courage !

CALLIRHOE' en s'en allant.

Non, vous ne mourrez pas.

AGENOR.

Venez, sans tarder davantage,
Venez, Peuples suivez mes pas.

CHOEUR.

O trop fidel amour ! ô genereux courage!

FIN DU QUATRIE'ME ACTE.

ACTE V.

ACTE CINQUIÉME.

Le Théatre repréfente le Temple de BACCHUS,
orné pour le Sacrifice de la Victime.

SCENE PREMIERE.

CORESUS.

Roubles fecrets dont l'horreur me dévore,
Que ne me laiffez-vous refpirer un mo-
ment?
Je fuis prêt d'immoler le Rival que j'abhore,
Sa mort, loin de calmer l'excés de mon tourment,
Ne fait que l'irriter encore.

Troubles fecrets dont l'horreur me dévore,
Que ne me laiffez-vous refpirer un moment?

H

Quoy ! c'est à mon Rival qu'elle devra la vie,
Il sauve la Princesse. Ah! son sort est trop beau.
Mon Rival en vainqueur, descend dans le tombeau.
Quels regrets ! J'entendray cette Amante en furie:
Dieux ! qu'elle va l'aimer, qu'elle va me haïr!
Elle vient. Je ne puis ny la voir ny la fuïr.

SCENE DEUXIÉME.

CORESUS, CALLIRHOE'.

CALLIRHOE'.

S'Eigneur, de vos devoirs, je n'ose vous instruire ;
Mais tout est prêt : mon sang à l' Autel doit couler :
Si vôtre main tremble de m'immoler,
Jusqu'à mon cœur, je sçauray la conduire ;
Allons.

CORESUS.

Ciel ! qu'allez-vous me dire ?

CALLIRHOE'.

Trop de malheurs ont troublé ce séjour ;
Je les pardonne à vôtre amour extrême,
Pardonnez-moy de même.
Sans peine , je renonce au jour.

CORESUS.

Je vous punirois de mon crime !
Les Dieux sont moins cruels, moins barbares que vous ;
Ils appaiseront leur couroux,
Ils prennent une autre victime.

CALLIRHOE'.

Je le verrois perir, & perir par vos coups !
Estes-vous Coresus ? que devient vôtre gloire ?
Voulez-vous faire croire
Que vous ne l'immolez qu'à vos transports jaloux ?

CORESUS.

Aux Autels de nos Dieux, est-ce moy qui l'entraîne ?
De son trépas que pourrois-je esperer :
Je sçais trop que la mort où je vais le livrer
Ne sçauroit adoucir ma peine.

CALLIRHOE'.

Que veux-tu donc Cruel, t'assurer de ma haine ?

CORESUS.

Quoy ! de tous mes malheurs vôtre haine est le prix !
Outragez, accablez un cœur qui vous adore.
Helas ! vos plaintes & vos cris
Devroient-ils me toucher encore ?
Je ne l'immole point ; il demande à perir.

CALLIRHOE'.
Et moy je demande sa vie ;
Mais vous voulez sa mort.

CORESUS.
Peut-être je l'envie,
Elle assure vos jours.

CALLIRHOE'.
C'est à moy de mourir.

ENSEMBLE.
Non ne resistez pas quand le Ciel le commande,
Rēdez-vous, c'est *son* / *mon* sang qu'il faut que l'on répande.

CORESUS.
Que le Tonnere gronde & tombe en mille éclats ;
Que le carnage recommence,
Que le Ciel allumé, redouble sa vangeance,
Que l'effroy, que la mort volent dans ces climats ;
Rien n'égale l'horreur de voir vôtre trépas.

CALLIRHOE'.
Eh ! le verrez-vous moins ! croyez-vous que je vive ?
S'il perit, doutez-vous que mon ombre le suive ?
Tremblez, du même fer je me frape, je meurs,
Et l'amour malgré-vous réünira nos cœurs.

CORESUS.
Quelle fureur, ô Ciel ! que deviens-je moy-même !
N'est-il point d'autre sang pour appaiser les Dieux ?

CALLIRHOE'.
Les Dieux ont prononcé. Conservez ce que j'aime ;
On l'ameine en ces lieux,
Hâtez-vous, frapez-moy, je l'attends, je le veux.

SCENE TROISIÉME.

CORESUS, CALLIRHOE', AGENOR,
PRESTRES & PEUPLES.

CALLIRHOE'.

AH ! Prince où veniez-vous ?

AGENOR.

Où mon amour me guide.

à CORESUS.

Ministre des Autels, faites vôtre devoir.

CALLIRHOE'.

N'écoûtez point son desespoir ;
Que je meure ; c'est moy pour qui le sort decide.

CORESUS.

Quel spectacle pour moy ! quel amour ! quel transport !

AGENOR.

Mes jours sont trop payez si ma mort vous délivre.

CALLIRHOE'.

Helas ! pourrois-je vous survivre
Qu'esperez-vous de vôtre mort ?

CALLIRHOE', & AGENOR, repetent ces deux Vers.

ENSEMBLE, à CORESUS.

Ton amour outragé demande mon supplice ;
C'est moy qu'il faut que l'on punisse.

CORESUS.

Ciel ! en les immolant, je ne puis les punir !

CALLIRHOE' & AGENOR.

Frape, voilà mon cœur, qui peut te retenir ?

CORESUS.

Agenor, j'aplaudis à l'ardeur qui t'anime,
J'honore ta vertu, tes vœux seront contents.

Il tire le fer sacré.

CALLIRHOE', à CORESUS.

Je frémis! acheve, il est tems.

CORESUS, en les separant.

Arrêtez. C'est a moy de choisir la victime.

Il se frape.

CALLIRHOE'.

Vous mourez.

CORESUS.

Je sauve vos jours
De vos malheurs, des miens je termine le cours.
Vous pleurez. Se peut-il que ce cœur s'attendrisse!
Je meurs content. Mes feux ne vous troubleront plus;
Approchez : en mourant que ma main vous unisse :
Souvenez-vous de Coresus.

On l'enmeine.

CALLIRHOE'.

Que je le plains !

AGENOR.

Que je l'admire !

AGENOR, & GALLIRHOE'.

Le Ciel s'ouvre à mes yeux, il paroît enflâmé.
Je vois le Dieu qu'adore cet Empire,
Pour vanger son Ministre, helas! est-il armé?

SCENE DERNIERE.

BACCHUS, sa Suite, & les Acteurs
de la Scene precédente.

BACCHUS

PEuples ne craignez plus la celeste colere,
  Le sang de Coresus a désarmé mon bras :
Honorez sa memoire & ne la pleurez pas,
Son tombeau deviendra pour ces tristes climats,
  Un Temple salutaire.

Et toy de Coresus remply le ministere,
Genereux Agenor, c'est toy dont j'ay fait choix :
Peuples, pour vous parler j'emprunteray sa voix.

  C'est la main de la Victoire,
  Qui le presente à mes Autels :
  Il faut pour plaire aux Immortels,
  Tous les suffrages de la gloire.

CHOEURS

Agenor, commandez à des Peuples soûmis,
  Vôtre courage
  Fst le gage
Du bonheur qui nous est promis ;
C'est par vous que les Dieux reçoivent nôtre hommage.
Si leur courroux fait gronder quelque orage
  Qu'il tombe sur nos ennemis.

FIN DU CINQUIEME
ET DERNIER ACTE.

PRIVILEGE GENERAL.

LOUIS PAR LA GRACE DE DIEU, ROY DE FRANCE ET DE NAVARRE, à nos amez & feaux Confeillers, les Gens tenant nos Cours de Parlement, Maîtres des Requêtes ordinaires de nôtre Hôtel, Grand Confeil, Prévôt de Paris, Baillifs, Senéchaux, leurs Lieutenants Civils, & autres nos Jufticiers qu'il appartiendra, SALUT: Le Sieur GUYENET, nôtre Confeiller-Treforier-General-Receveur & Payeur des Rentes de l'Hôtel de nôtre bonne Ville de Paris, Nous a fait remontrer qu'ayant obtenu de Nous le Privilege de faire reprefenter les OPERA durant le temps de dix années, à compter du premier Mars 1709. Il auroit depuis acquis les Privileges que Nous avions cy-devant accordé aux Sieurs de Francini, de Lully fils, & Ballard, pour l'impreffion defdits OPERA, lefquels il defireroit donner au Public, s'il Nous plaifoit luy accorder nos Lettres de Privilege fur ce neceffaires. A CES CAUSES, defirant favorablement traiter l'Expofant, attendu les grandes dépenfes qu'il convient faire, tant pour l'Impreffion que pour la Gravure en Taille-douce des Planches dont ce Livre fera orné. Nous luy ayons permis & permettons par ces prefentes de faire imprimer & graver les PAROLES, ET LA MUSIQUE DE TOUS LESDITS OPERA QUI ONT ETE', OU QUI SERONT REPRESENTEZ PAR L'ACADEMIE ROYALE DE MUSIQUE, tant feparement, que conjointement, en telle forme, marge, caractere, nombre de Volumes, & de fois que bon luy femblera, & de les faire vendre & debiter par tout nôtre Royaume, pendant le temps de dix années confecutives, à compter du jour de la datte defdites préfentes. FAISONS D'EFENSES à toutes perfonnes de quelque qualité & condition qu'elles puiffent être, d'en introduire d'impreffion étrangere, dans aucun lieu de nôtre obeiffance; Et à tous Imprimeurs, Libraires, Graveurs, & autres, d'Imprimer, faire Imprimer, vendre, faire vendre, debiter, ny contrefaire lefdites Impreffions, Planches & Figures, en tout ny en partie, fans la permiffion expreffe & par écrit dudit Sieur Expofant, ou de ceux qui auront Droit de luy, à peine de confifcation des Exemplaires contrefaits, de fix mil livres d'amende contre chacun des contrevenants; dont un tiers à Nous, un tiers à l'Hôtel-Dieu de Paris, l'autre tiers audit Sieur Expofant, & de tous dépens, dommages & interefts: à la charge que ces préfentes feront Enregiftrées tout au long fur le Regiftre de la Communauté des Imprimeurs & Libraires de Paris, & ce dans trois mois de la datte d'icelles; Que la Gravure & Impreffion defdits Opera, fera faite dans nôtre Royaume, & non ailleurs, en bon Papier & en beaux Caracteres conformement aux Reglements de la Librairie; & qu'avant que de les expofer en vente, il en fera mis deux Exemplaires dans nôtre Bibliotheque publique, un dans celle de nôtre Château du Louvre, & un dans celle de nôtre tres-cher & feal Chevalier Chancellier de France le Sieur Phelypeaux, Comte de Pontchartrain, Commandeur de nos Ordres; le tout à peine de nullité des préfentes: du contenu defquelles, vous mandons & enjoignons de faire joüir ledit Sieur Expofant, ou fes Ayants caufe, pleinement & paifiblement, fans fouffrir qu'il leur foit fait aucun trouble ou empêchement. VOULONS que la copie defdites préfentes, qui fera imprimée, au commencement ou à la fin defdits Opera, foit tenuë pour düément fignifiée, & qu'aux copies collationnées, par l'un de nos amez & feaux Confeillers & Secretaires, foy foit ajoûtée comme à l'Original. COMMANDONS au premier nôtre Huiffier ou Sergent, de faire pour l'exécution d'icelles tous Actes requis & neceffaires, fans demander autre permiffion, & nonobftant Clameur de Haro, Charte Normande, & Lettres à ce contraires: CAR tel eft nôtre plaifir. Donné à Paris le vingt-deuxiéme jour de Juin, l'An de grace 1709. Et de nôtre Regne, le foixante-feptiéme. Par le ROY, en fon Confeil. Signé, LE COMTE, avec Paraphe, & fcellé.

J'ay cedé à Monfieur *Ballard*, feul Imprimeur du Roy pour la Mufique, le prefent Privilege, fuivant le Traité fait avec luy le 19e. jour d'Avril 1709. A Paris ce 12. Juillet 1709. Signé, GUYENET.

Regiftré fur le Regiftre N₀. 2. de la Communauté des Imprimeurs & Libraires de Paris, page 461. No. 901 & 902. conformément aux Reglements, & nottament à l'Arreft du Confeil du 13. Aouft 1703. A Paris 12. Juillet 1709. Signé L. SAVREAU, Syndic.

I